捧 读

触及身心的阅读

满月金黄悬于静水之上

林莽 著

夏末十四行六十六首

南方出版社
海口

图书在版编目（CIP）数据

满月金黄　悬于静水之上：夏末十四行六十六首/林莽著. — 海口：南方出版社，2024.2
ISBN 978-7-5501-8774-0

Ⅰ.①满… Ⅱ.①林… Ⅲ.①诗集-中国-当代 Ⅳ.①I227

中国国家版本馆CIP数据核字(2023)第245797号

满月金黄　悬于静水之上：夏末十四行六十六首
MANYUE JINHUANG XUAN YU JINGSHUI ZHI SHANG: XIAMO SHISIHANG LIUSHILIU SHOU

林莽【著】

责任编辑：	古　莉
装帧设计：	王玉玲
出版发行：	南方出版社
邮政编码：	570208
社　　址：	海南省海口市和平大道70号
电　　话：	(0898)66160822
传　　真：	(0898)66160830
经　　销：	全国新华书店
印　　刷：	宝蕾元仁浩（天津）印刷有限公司
开　　本：	787mm×1092mm　1/32
印　　张：	4
字　　数：	65千字
版　　次：	2024年2月第1版　2024年2月第1次印刷
定　　价：	48.00元

序言：
诗歌的形态与心灵的变迁 *01*

夏末十四行·谷仓 —— *05*

夏末十四行·满月 —— *06*

夏末十四行·盛夏 —— *07*

夏末十四行·雨水 —— *08*

夏末十四行·玫瑰 —— *09*

夏末十四行·老树 —— *13*

夏末十四行·听歌 —— *14*

夏末十四行·品茗 —— *15*

夏末十四行·梦舞 —— *19*

夏末十四行·群鸟 —— *20*

夏末十四行·水银 —— *21*

夏末十四行·幻象 —— *22*

夏末十四行·远行 —— 23

夏末十四行·裂痕 —— 27

夏末十四行·村庄 —— 28

夏末十四行·高原 —— 29

夏末十四行·茉莉 —— 33

夏末十四行·入秋 —— 34

夏末十四行·海浪 —— 35

夏末十四行·静息 —— 36

夏末十四行·遗址 —— 37

夏末十四行·前世 —— 41

夏末十四行·积雪 —— 42

夏末十四行·青藤 —— 43

夏末十四行·书信 —— 49

夏末十四行·空茫 —— 50

夏末十四行·大雾 —— *51*

夏末十四行·评书 —— *52*

夏末十四行·东篱 —— *53*

夏末十四行·路遇 —— *57*

夏末十四行·偶然 —— *58*

夏末十四行·时光 —— *59*

夏末十四行·西眺 —— *63*

夏末十四行·辞行 —— *64*

夏末十四行·声音 —— *65*

夏末十四行·月亮 —— *66*

夏末十四行·暗伤 —— *67*

夏末十四行·本源 —— *71*

夏末十四行·日落 —— *72*

夏末十四行·围城 —— *73*

夏末十四行·旅程	—— 77
夏末十四行·蛙皮	—— 78
夏末十四行·余光	—— 79
夏末十四行·日历	—— 80
夏末十四行·矮小	—— 81
夏末十四行·恐慌	—— 85
夏末十四行·飘荡	—— 86
夏末十四行·潜流	—— 87
夏末十四行·谅解	—— 91
夏末十四行·品酒	—— 92
夏末十四行·古堡	—— 93
夏末十四行·承受	—— 94
夏末十四行·听雨	—— 95
夏末十四行·烛火	—— 99

夏末十四行·牵牛 —— *100*

夏末十四行·苍鹭 —— *101*

夏末十四行·启示 —— *105*

夏末十四行·祭坛 —— *106*

夏末十四行·空难 —— *107*

夏末十四行·无为 —— *108*

夏末十四行·告别 —— *109*

夏末十四行·山色 —— *113*

夏末十四行·宿命 —— *114*

夏末十四行·向往 —— *115*

夏末十四行·担忧 —— *116*

夏末十四行·救世主 —— *117*

后记:诗不会忘记 *118*

序言：诗歌的形态与心灵的变迁

上世纪80年代中期，在新诗潮席卷大地的涌动中，我突然有了一种厌倦之感。当某种艺术形态成为主流，它已不再令人期待并充满憧憬。那时，会引来众多一知半解或急功近利者蜂拥而上，蹭热点，赶时髦，那已经不再是一道优美的风景。

摆脱过分的社会政治情节，摆脱大家相似的审美心境，摆脱外在大于内心的体验和感受，寻找更贴近艺术本质的写作方式，让诗歌尽可能地回归本体，远离喧嚣和名利场，成为我当时的内心所求。1984年1月我曾写过一篇短文《这仅仅是一个开始——谈诗及审美意识的转化》，刊发在北大五四文学社编辑的《青年诗人谈诗》（1985年版）中。我在文章中说："是步入自然，还是以一个永远无法摆脱的受害者的面目，无尽无休地重复那些怨气；是用情感来审美，还是用原则去审美；是把艺术纳入所谓的道德规范或其他形式的社会习惯，还是还艺术以自由创造的活力，呈现她的灵感与沉思。这将决定一个人是走向艺术，还是背向艺术而去。然而这一问题还没有引起诗人们足够的重视，许多人还在问题文学，影射文学，象征文学中徘徊。他们那层'色彩'在大自然的阳光之下，依旧无法褪去。因此我怀疑他们是否意识到了这些。'悟'性之光应该发源于自身。"

这是 38 年前的一些想法了，那时我已经在有意识地脱离"朦胧诗"的群体，寻找一种更接近艺术本质的诗歌之路。也许因此，我错过了某些机遇。历史的舞台就是这样，超前或者滞后，都将会被遮蔽。因此叶橹先生在他的《独行者的孤寂与守望——论林莽的诗》一文中说："林莽的不合群，使他有意无意地成为诗坛的独行者，而他踽踽独行的身影，恰恰成为观察他的诗歌艺术的独特性的最好参照。"是的，这是我的自主选择。就在上世纪 80 年代初，我用几年的时间完成了这一脱离群体的转变，1985 年前后，我写出来一批有自我特色的代表性的短诗作品。

后来有一段时间，我因受诺贝尔奖获得者捷克诗人塞弗尔特的启示，写了一些较长的，散点透视的诗歌，有一些也是我的代表作，如《秋天在一天天迫近尾声》《九十九页诗选、污水河和金黄色的月光》《雨中交谈》《秋天的眩晕》等。后来，我想不能一味地"散"下去，于是在 1990 年代初，就想用十四行的形式规范一下自己以前的写法。几年中,我完成了 16 首这样的诗歌,我感觉,诗歌是可以"戴着镣铐跳舞"的。这些并不规范的十四行的写作,只是为了让诗歌在精短和相对固定的结构中增加语言的含量,让其更具弹性。

近几年又有意无意地写了一些,20 多年有了 60 多首,数量不多,但在我一向较少的写作中,它们占有了不小的比重。

我一直讲,诗歌是语言和情感的艺术,同时也应具有"有意味"的形式。在语言及表达方式上的变革,对一个诗人是时刻要关注的,这也是诗歌创作很重要的组成部分。以结集的方式将不同时段写作的,这些并不规范的十四行呈现给读者,是希望它们展现我对诗歌语言和形式的探讨,也希望引发大家对这些方面的关注与重视。

为了让这些压缩得较为紧凑的诗歌读得轻松一些,我配上一些简单的钢笔画和相关文字摘句,改变一下阅读的节奏,以期得到更好的交流。谢谢,每一位喜欢这本小书的读者,谢谢,为此书的出版、传播给予了帮助的各位朋友。谢谢。

林 莽

2022 年 9 月

夏末十四行·谷仓

这一夜我突然沉入了古老的温情
萨克斯在午夜里轻轻地吹奏
越过久远的时光
我再次听到了杜鹃的啼鸣

已经多年没有见过那座乡村庭院了
出生地的老屋浸于满月的清辉
一棵大树在风中婆娑地舞动
隔着寂静的池塘　我看见

黑沉沉的谷仓浮动于月夜的光影中
仿佛这一瞬已转入了永恒
心中振响起夜鸟低沉地飞行

这一夜静得让泪水也已凝住
舒缓的乐曲让我洗净灵魂的尘垢
聆听远在天外的鸟儿时隐时现的叫声

1991 年 9 月

夏末十四行·满月

我看见果实挂在枝头
恰如生命的某些时节
青涩　生动
充满坠落的激情

一位端庄的妇人穿过林间空地
走向碧草丛中的小径
她微垂于脖颈上的发髻
使我想起比果子更成熟的那些生命

满月金黄　悬于静水之上
从一只昆虫最初的鸣叫
我感知了自然永恒的进程

一切都存在于已知与未知之间
当彼此间伸出了心灵的手
青春的果实早已等待着秋日的成熟

1991 年 9 月

夏末十四行·盛夏

这一切不取决于某种积怨
盛夏里飘逝了沉醉的爱情
那些镌刻于内心的语言　如今
都意味深远地昭示着时光不可倒流

轻风拂过结了霜的果实
一片枯叶显现出秋日清晰的脉络
一场秋风　一场劫难过后
遗留下多少不忍触及的创伤与隐痛

静听岁月　海
玫瑰与酒的声音
心仿佛洗尽尘埃的星斗

微风轻牵夏末的衣角
一双毫不情愿的手
慢慢掩上了那与梦同在的窗口

1991 年 9 月

夏末十四行·雨水

淅沥的雨水不再为盛夏歌唱
秋依旧在季节的边缘摇荡
生命　你需要怎样的好时光
谁曾把徘徊的脚步踏在初衰的草地上

顷刻而至的雷雨
惊醒了沉入梦境的回忆
屋檐垂落的水声
滴滴敲击出令人痛苦的节律

大地收敛起一切投入怀抱的儿女
飘浮于太空的灵魂之声
欢聚于遥远的云层

越过青铜锈蚀的岁月
我听到灵魂的隐秘之钟
震响　如夏末雨中的雷声

1991 年 9 月

夏末十四行·玫瑰

玫瑰猝不及防的闪光使一切变得暗淡
时间抽去了阳光的骨架
为最灿烂的一瞬
我们等待了整整一个夏天

雨水淅沥　敲击古老的家园
划过黄昏的鸟群　打破
陈年的寂静　它们的鸣叫
使伞下归家的人们突然听到了某种呼唤

在这城市的边缘
巨型卡车驶出烟雨迷蒙的工地
公牛般地碾过泥泞的街区

在连接现在　过去与未来之间
当我们扭断了那条明晃晃的时光的锁链
断裂处　我看见许多玫瑰般美好的画面

1991 年 9 月

　　多次踏上过那片荒芜而神奇的土地，在我的感觉里，它总是那样的空旷而寂静，茫茫荒原吸走了所有的声音，只有太阳将它的火焰筛成了细细的滚烫的金子。

  黄色重瓣棣棠花春天开过，秋凉了又开了第二茬。

  这种一米左右高的灌木有一种天然的亲切感，冬天叶子落了，它细细的茎秆也是翠绿的。

夏末十四行·老树

我不再担心于失去
生命的每一个时辰都不会再来
苍郁的老树再次飘落了它的叶子
到底有什么值得永存

一条河舒缓地流淌而去
为了寻求　我们走过了多少道路
往日之神偶然唤我们回首
灵魂的阵风　吹皱了哀婉的记忆

如今这一切已归于沉寂
当一双手无意间推开夜的窗子
星光里战栗着催人泪下的往事

大地沉沉　无边无际
照亮青春的幻梦终将零落为尘
雪峰高耸　闪烁智者冷峻的激情

1991 年 9 月

夏末十四行·听歌

那歌声让人坐卧不宁　它来自
天堂　地狱还是我的宿命
一只闪光的戒指滚过玻璃
一支曳动的琴弓寻找它有限的音域

不是在失落的心中
战栗从脚底升至到头顶
不再是往日忧伤的抒情
它神秘的声音让人无法安宁

我似乎看到了飓风后的堤岸
歌手走近又消失无形
她欲言又止　隐入往事的情节中

又圆又大的落日映红了楼群的窗子
仿佛黄昏特有的磁性让情感的碎屑起舞
我无法知道它们是怎样搅动了我的生命

1997 年 9 月

夏末十四行·品茗

一杯茶的苦涩沁入了永恒的时光
是什么让你的信散发出海的光芒
你叙述那月夜下有树影的沙滩
你说它宛如故乡雪后梦的底片

是谁轻轻地哼唱伴着水草的摇曳
以夏日的苍郁唤醒了以往的记忆
一条心中的溪水注入了幻影的晚秋
让无法实现的在旋舞的落叶中倾听

似乎触到了夜的寒意和肌肤的清凉
舒缓的乐曲再次呈现于闪烁的泪水中
它滴落的声音是否惊醒了思念的梦

越过桌面上盛满阳光的杯子
墨绿色的玻璃映出一杯清茶的倒影
而雨季的干渴以碧绿和苦涩将我滞留

1997 年 9 月

梵高曾画过的罗纳河那座两三百米跨度的铁桥和桥头的建筑基本没有变,唯有那棵一百年前刚刚栽下的,还带着辅助三脚架的小梧桐树历经百年,已经长成了粗壮的参天大树。

阿尔勒　一座罗马人构建的古城
……
它的轮廓多像一只厚重的土红色的靴子
一脚踏在了天蓝色的罗纳河上

梵高画过的老桥还在
画中那棵小小的梧桐树
现在浓荫四敝　成了百年的巨人

　　　　——诗《在阿尔勒》摘句

夏末十四行·梦舞

那梦中起舞的可是昨日的夕阳
是谁在哀婉动情地歌唱
在岁月冻结的某个清晨
大雾中飘浮着谁的灵魂

那反复出现的事物是否属于我
在乐声中走动的男人或女人是谁的情人
他们经历了轮回的风雨
他们是否有着永不颓败的缘分

在反复讲述的那些不眠的夜晚
斩不断的情思远缚住风筝的心
谁曾告诫过那颗以爱铸剑的灵魂

以舞者的形象站在梦中的舞台上
歌声起处谁记起了青春的激情与感伤
爱者的心中是否都有一双永不收敛的翅膀

1997 年 9 月

夏末十四行·群鸟

那些高高地伸向天空的手臂
因叶子的坠落而轻轻地摇动
那些仿照根系而生长的枝干
再一次让鸟儿因阵风而飞离

谁的飘零会与命运无关
生命的吟唱有时离欢乐很远
树荫下匆匆而过的人们　你
可听见了大自然永恒的轻叹

鸟群寂静　栖于夏末的林梢
那阵冷风无情地吹过时
我心头落下的不再是青春的沮丧

当人们宿命于时间的消亡
是谁让我们将生命化作了
凝聚于夜而分散于昼的群鸟

1997 年 9 月

夏末十四行·水银

该逝去的为何依然在内心存留
时间也不能将黯淡的心境冲淡
隔着并非遥远的距离
我看到了因失落而滞留的空白

是什么给伤痛的疤痕
镀上了时光的水银
它们沉着　闪烁　将往事封存
但我们的脚步不知为什么

总是踏上某些熟知
而又早已消失了的岁月之门
一件绸衫在窗前的风中

雨　银色而细密的雨
在时空中流　在飘忽的记忆中流
在内心最隐秘的地方　无声地流

2001 年 8 月

夏末十四行·幻象

是谁闪烁钻石般锐利的眼神
看夕阳沉落在群峰的波澜
黄昏的流萤飘过夜空的幻象
黑沉沉的树木沉醉于泥土的芬芳

是月色下溪水的光波闪动于
弥漫着桂树花香的夜晚
你歌唱　以风中摇曳的舞姿
唤醒了生命中激情涌动的瞬间

夏夜的风　静静地流连
一个空蒙的声音有如禽鸟的呼唤
一声低回　一声婉转

仿佛又听到了岁月间悠然的咏叹
记忆划过幽暗的空中之门
再次呈现出那些沉于心中的思恋

2001 年 8 月

夏末十四行·远行

那是昨日的残阳　黄昏里
灵魂的影子在夕光里飘荡
风中飘落下心中的雨
而你们真的已经远去

隔岸是谁在频频地回首
在并行的时光的河道上
我知道你们不想离我们而去
但忘川的急流将岁月之雾升起

有如那些时隐时现的幻象
我时常看见你们走在那些熟悉的路上
飘忽着临近　又飘忽着远离

当漫长的夜晚响起那些旧歌
往事依旧会把我们的心融合
泪水也无法熄灭思念的火

2001 年 8 月

在一片夏日的树木之上
呈现出一双灰绿色的眼睛

一朵云　停滞不动

透过昨日的幻象
往事沉郁
遥远 飘忽不定
无端的愁绪结在那些滴水的蓝色花瓣上

　　　　　——诗《凉风乍起》摘句

夏末十四行·裂痕

我突然感知了心灵的裂痕
阳光不再明媚　仿佛车窗的玻璃
被钝物撞击　塌陷　龟裂　成为浓雾
清晰的影像骤然变得模糊

一种已知的失落依旧摄住了我
一切都变得缥缈而无助
我们曾经的向往都是为了更好的生存
而今　它们飘远　隐匿　退向另外的命运

应该走哪一条路　应该开启哪一扇门
我试探着轻轻地述说
那双垂落的手冰冷　无助　期待着他人

这世界我应该怎样地面对
无法挽回的悲痛令我心碎　寂静中
听血液里每一颗微粒相互碰撞的声音

2001 年 8 月

夏末十四行·村庄

从南关大桥向西眺望
成片的芦苇和洼地
雾霭与夕阳　隐约可见的
是我久别的村庄

时间阻隔　于瞬间令我迷茫
那些在天地之间
在水雾和夕光中飞翔的
可是隐匿者的灵魂

是什么让他们聚集在岁月之上
汽车驶过县城南关的大桥
向西　我看见了夕阳里的村庄

还有以往时光里的人们
淀水的波纹悠然闪动
仿佛我熟知的那些善意的眼神

2001 年 8 月

夏末十四行·高原

是夏日即雨的高原
是高原上无助的空旷
低垂的云层贴向草场
长风劲吹　荒草如潮

这大地的棕毛狂野地挣扎
一线雪峰的闪电
在深蓝色的湖面上　突然撕开了
鸥群轰然四散的鸣叫

缄默无语而灵魂高翔
超然于时间之外
心中掠过那么多渴望的翅膀

黄昏的阳光收起它吝啬的金子
此刻乌云涌动的高原
阴霾四垂　暴雨骤然而至

2001 年 8 月

立秋后，白玉簪花开了，在晨光之下，在一片发亮的绿色阔叶丛中，它有着纯净的洁白之美。有一丝似有若无的茉莉花般的幽香，在清晨的空气中飘浮。那带着露珠的白色花蕾，的确有着白玉般诱人的色泽。

北京人都叫它"玉春棒"，也许是以花蕾的形状来命名的。在那些老北京的四合院里，它们一般都被种在院子南墙的背阴处，或是丁香、海棠树的下边。玉簪花开时，期待中的秋天就要来了，它们同初秋的微风一样，为人们送来了心采中渴求已久的快意。

它们是老北京四合院里的花，像那些有良好教养的、出身于书香门第的女子一样，有着高雅而内敛的美。

2020年6月25日

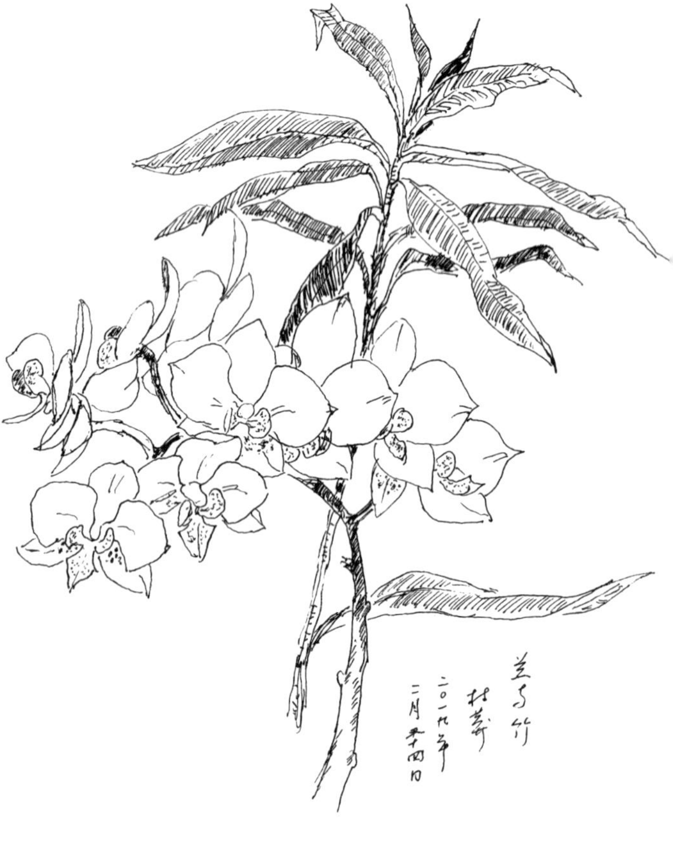
二〇一九年
二月廿四日

夏末十四行·茉莉

他年的旧枝有时也会绽出新芽
一朵茉莉的幽香飘满了曾经的盛夏
而我刚刚理解了另一种温润
一对衰老嘴唇的轻吻化解了半生的怨恨

隔着不同理念与时空的人们
根本无法知道彼此的意愿
历史往往被概念化后
输送给了某些一知半解的人

在一个不成熟的季节里
我看见许多畸形的植物铺展开藤蔓
将有毒的绒毛散落在它的周围

我听见　一个前辈在指点一个后来者
因为理念的错位他们必然会背道而驰
这世界　只有时间能使复杂的事物趋于澄澈

2018 年 1 月 19 日

夏末十四行·入秋

一场小雨就入秋了
突然想起故乡的井水
用柏木桶提来的清冽的井水
在葡萄架下微微地闪动

蝉停止了聒噪的长鸣
暑热正渐渐退去
月光下的庭院
微风摇曳着婆娑的树影

入秋了　曾经的若有所失的少年
绕过村边湖水潮湿的堤岸
依旧怀想着那些无法实现的夙愿

风吹过故乡的原野
舌尖轻舔着铅笔尖的微凉
心中鸣响起雁阵的诗行

2018 年 9 月 10 日

夏末十四行·海浪

面朝蔚蓝的大海
白色的波浪一层层地推过来
这永恒的时光的进程
从来也不曾停息过

生命的潮汐
从那颗小小的受精卵开始
我不知道那些人间的悲苦源自何处
它们一定也在祖先的记忆中潜藏着

必然会经历一次唤醒心灵的击打
大海无垠　星空浩瀚　我们醒来
斗转星移　海浪一层层涌向堤岸

它永恒的节律给我们安慰
而在我们的背后
就是那个谁也无法抚平的人间

2018 年 9 月 13 日

夏末十四行·静息

室内的灯光暗了
我看见窗外的柳林在夜色中晃动
心中回荡着遥远的琴声
自我放逐的人们听到了内心的悲鸣

那些少年时的梦想
在某些瞬间还会再一次闪现
夜鸟凄厉的叫声过后　这世界更寂静
无法实现的夙愿也已消失无形

痛苦和失望在湖边的座椅上
蝉声嘶哑　我在自责中懊恼
煎熬中的夏日正渐渐退出闷热的酷暑

你　在一个梦中匆匆地出走
室内的灯光那么幽暗
月色映出了薄纱后的窗棂

2018 年 11 月 27 日

夏末十四行·遗址

一条大河在这儿拐了个弯儿
一位暴君试图用荒淫逃避惊恐
那么多堆积的象牙　黏在一起的龟板
记录下了事件和占卜的卦辞

细雨落在遗址*的沙石路上
历代的亡灵仿佛在脚下窃窃私语
一位殷商之后的王在数里外的土丘上
演绎着通晓这个荒唐世界的密语

隐约间的妄念也许会伴随一生
总有无法摆脱而又期待实现的意愿
在不断的失落中铸成了铜鼎

一种似有若无的失落令心灵更空旷
谁的回声在遗址的寂静中鸣响
你看　人们总想在寂寥的星空寻找真相

2018 年 12 月 12 日

注：安阳殷墟遗址让我们回到 3000 年前，一个嗜血的君王荒淫无度，被囚禁的周文王在羑里城演八卦。那些遗址上曾经的先民有过怎样的生活和对神灵的期待与向往。

游中世纪古城罗腾堡，有如置身于童话的世界。罗腾堡不是诗意的，而是神奇的。它坐落在陶伯河谷边的高地上。罗腾堡城中浪漫的童话气息，让人过目难忘，流连忘返。它让我们进入了一个早已消失了的过往的童话般的世界。

2010年8月的罗腾堡街道与城门.

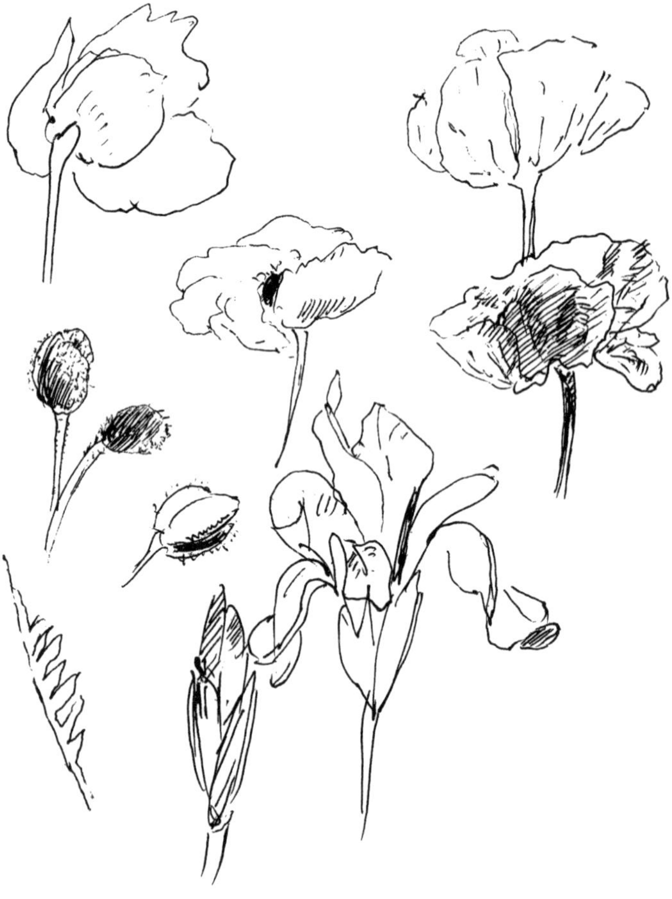

夏末十四行·前世

这片淡蓝色的土豆花我曾经见过
在一座古寺旁的山坡上
傍晚的薄雾在渐渐地聚拢
那些白杨树长满洞察前世的眼睛

不　不是梦中曾经出现过的地方
这里我一定来过　木鱼声声
令我们虔诚地垂下头颅
时光飘逝　伴着那些淡蓝色的花朵

那面朱红色的寺院矮墙
遮住了佛堂的烛光　夜色茫茫
江水永恒的激流将往事涤荡

群星在头顶的上空明净地闪烁
山脚下　一列灯火昏黄的客车悄然而至
又很快地潜入了无边的夜色中

2018 年 12 月 16 日

夏末十四行·积雪

山冈上的积雪还不曾消融
这里的鲜花开了又谢　谢了又开
欧芹　鼠尾草　迷迭香
一件白色的亚麻衫在风中飞扬

那盘桓于古战场上年轻的灵魂
谁能为你带去斯卡布罗集市的慰问
在鲜花簇拥　青草葳蕤的地方
一位忧伤的姑娘对着大海歌唱

这首古老的苏格兰歌曲令人陶醉
它让我仿佛坠入了心灵空荡的山谷
迷失的岁月　如往复涌动的海浪

生命逝去　灵魂升起在天上
那座我不曾到过的有集市的异国小镇
那首源自灵魂的歌曲令人无限的哀伤

2018 年 12 月 18 日

夏末十四行·青藤

苔藓和灰绿色的水渍布满了粉墙
高过黛瓦的丁香树扭曲着虬枝
交错有秩　古朴奔放　它们
仿佛隔着窗棂读懂了先生挥洒的墨迹

青藤书屋　江南旧城的一道窄巷内
前人草履曾踏过的泥土
如今是一条青色条石的小路
我们与文长先生相隔着怎样的时空

拱门中的蜡梅　古藤和天池
方寸间呈天地洪荒和一颗文人的心
"天汉分源""须知书户孕江山"

因绝世的才华而无法入世的徐渭
淋漓的笔墨泼洒在粗鄙的草纸上
芭蕉挺拔仍会泣雨　潇竹节节逆风而生

2019 年 1 月 9 日

林箐
二〇一九年四月
十四日
于梨树沟

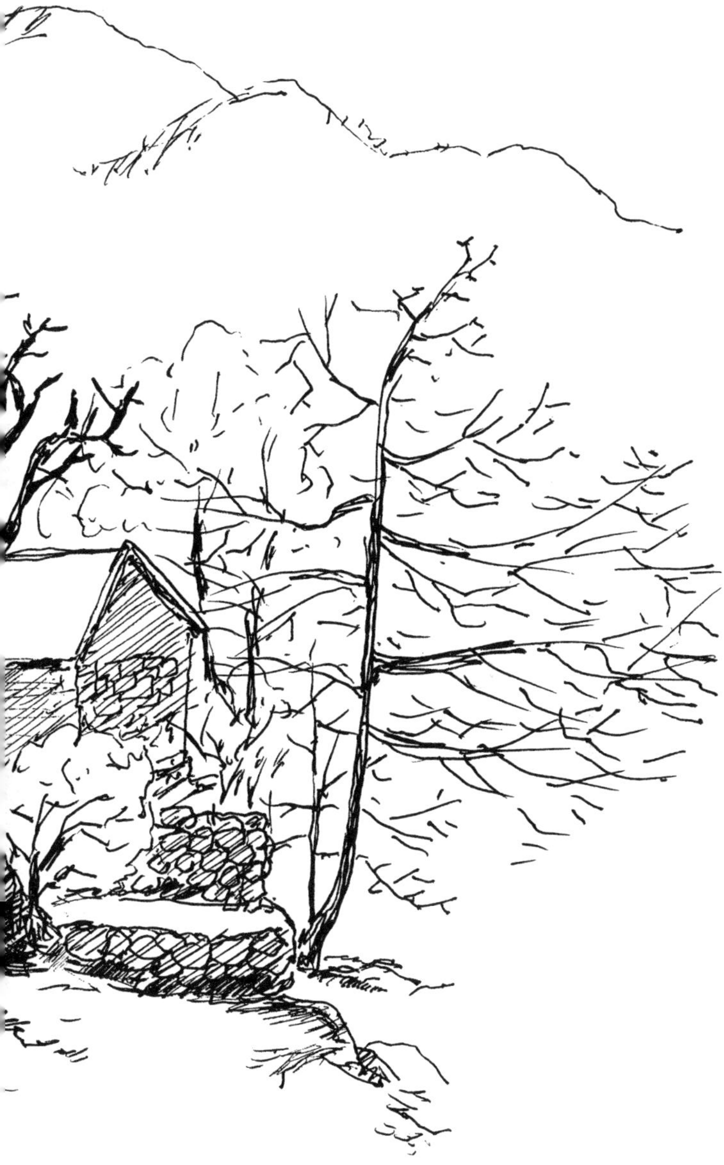

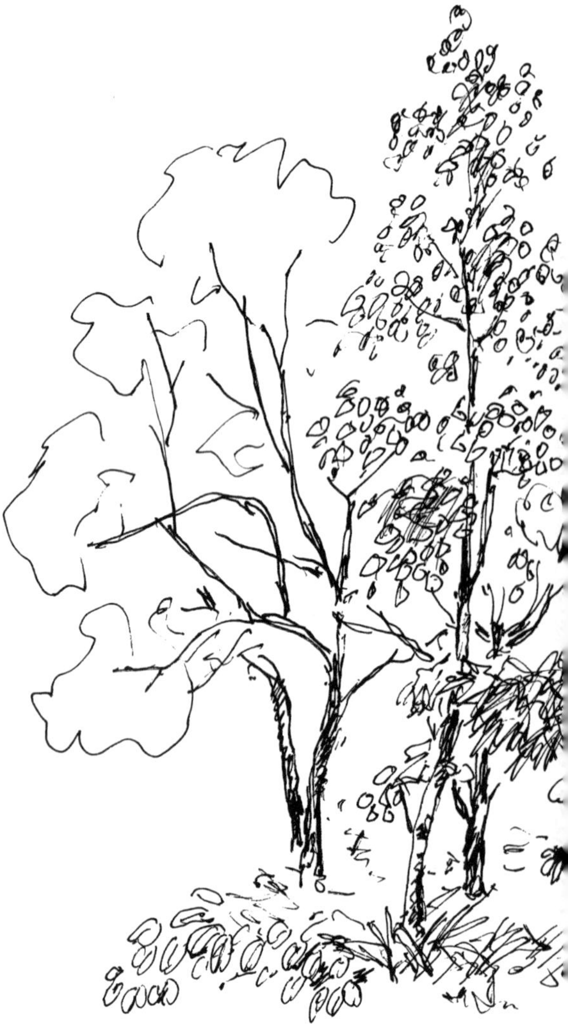

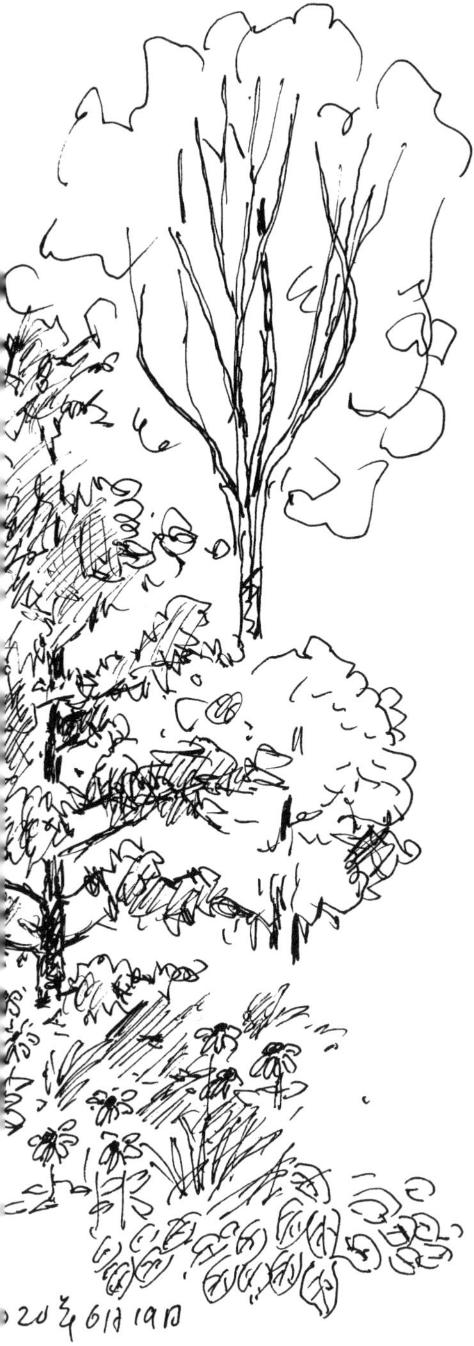

020年6月19日

风信子她告风小熊心

林芸
二〇二〇年
二月

夏末十四行·书信

是命中注定的那个时刻
午夜　一颗星在天际闪动
握在一起的手依旧是拒绝和冰冷
一封信在某一刻化作了墨翅纷飞

你在最无望时书写的文字
有着火的烧灼和悲情中的憎恨
一颗星在天际闪动
曾经的一切已成为梦幻的余韵

在那个命中注定的时刻
记不得是山海相隔的那一年
不再是彼此的相悦与温存

我曾在心中反复地询问
本不该发生的在许多年后已经发生
为什么那个时辰不再是一个美好的时辰

2019 年 1 月 28 日

夏末十四行·空茫

是内心的空茫和无所不在的忧伤
不　是一望无际的广袤而空旷的原野
风吹旌旗　阳光璀璨
战火在四处弥漫　摧毁了那么多朴素的希望

高崖上白色的房屋面向蔚蓝的大海
嶙峋的橄榄树在荒原上坚韧地生长
我们将怎样面对前世　现在与未来
那些必将失去的已永远不会再回来

因为向往　马车的轮子隆隆地碾过石子路
因为忧伤　铅灰色的积雨云在山巅上涌动
星空浩渺　灯火在黄昏的山脚下忽明忽暗

那些不亚于战火的危机在心中肆意地蔓延
华金·罗德里戈让我们垂下头颅倾听
一个吉他手用跳荡的音符说出了世纪的罹难

2019 年 2 月 10 日

注：西班牙盲人作曲家华金·罗德里戈用一首 1940 年首演的吉他曲《阿兰胡埃斯协奏曲》征服了战乱中的世界。

夏末十四行·大雾

冬日的大雾中我们低头前行
不　没有送行的人　只是我自己
那是悄然离开这里的日子
冰盘似的太阳正从堤坝上升起

仅仅是离开吗　我心隐隐
是有许多说不清的无奈与孤寂
在那些岁月里　到底有什么值得期许
这漫漫人生　谁又能理得清晰

林木间浮着一轮苍白朦胧的旭日
我悄悄地离开还在睡梦中的人们
背后的雾遮掩了渐行渐远的村子

很多年过去　青春恍然已逝
我仍在生活中摸索　那颗冰盘般的太阳
在那些衰败的年头　融入了一池浊水

2019 年 2 月

注：1974 年岁末，我用病退的方式将户口迁回北京，离开白洋淀的那天清晨，冰雪中大雾弥漫，插队六年了，心中有一些说不出来的感觉，因为那些年真不知道前面有什么在等待着你。

夏末十四行·评书

下课的铃声响过后
我们急匆匆地穿过妙音寺的夹道
鸽哨鸣响着掠过晴空
此时的庙会已接近了尾声

白塔高高地耸立　投下它巨大的阴影
华盖下的铜铃偶尔发出渺远的铃声
说书人在大殿高台上的场子
依旧围坐着许多听众

月板清脆　弹三弦的盲人仰着头
仿佛总能望见天空的那盏神灯
说书人用沙哑的嗓音唱出了戏剧人生

这一晃已经半个多世纪了
我挤过人丛侧耳倾听　时空转换
那么多人与物叠加在我少年的心中

2019年3月

夏末十四行·东篱

深秋雨后的群山是锈铁色的
门前的老槐树同样沉重而阴郁
小石桥下的流水映出乌云的天空
唯有柿树枝头的几点橙色暖人

几百年了　那几只寒鸦还在
京城距此地到底有多远
竟让一个心生寒意的书生
满含悲戚地寄身于山村的孤寂

西风还滞留在更深的山里
瘦马留下了它深深的蹄迹
我们寻着那首著名的小令而来

街门挂锁　院内寂寂不闻人语
几片落叶贴在潮湿的石板路上
它们静静地听我读那首苍凉的诗

2019 年 12 月 24 日

注：马致远号东篱，元代戏曲四大家之一。其小令《天净沙·秋思》影响深远。北京门头沟有其故居，老树昏鸦仍在，断肠人或许不在天涯。

我们坐在离湖水不远的林荫下，阵阵的凉风从水面上吹过来，龙井的茶香伴着我们随心所欲的闲谈，午后的阳光在树荫中缓缓地移动。我想起了少年时故乡祖居边的那片湖，它在阳光下也是这样闪烁着，我眯起眼睛，恍惚中一切都变得遥远了，透过树干的缝隙，在水色天光中，我仿佛走进了岁月的幽谷。

2020年 7月17日

速写
2013年元旦、台湾阿里山　林寿

夏末十四行·路遇

几百头奶牛从对面的小路上走来
拦住了所有过往的车辆
它们转向右边不远处的那片围栏
围栏后面是一片夕光闪烁的湖面

这群从草场上暮归的奶牛高大健硕
黑白　橙褐的花斑混成了彩色的河流
暮色暖暖地映过来
我们兴奋地迎着牛群拍照

有些牛似乎不喜欢别人的打扰
有几只愤愤地向我们径直地走过来
铜铃般的眼睛映着夕光

明亮　深邃　让人心生敬畏
它们低哞　凝视　然后轻蔑地转身走开
在傍晚渐起的雾气中走入了一片夕阳里

2019 年 12 月 25 日

夏末十四行·偶然

我们到底为什么歌唱
当太阳西沉　冷风吹进雨后的竹林
几滴未被饮下的红酒溅在了 T 恤衫上
它们来自那一片土地的那一枝葡萄

有时我会想　如果错过了某个时辰
一个事件也许就再也不会发生
两个相恋的人也许不会相遇
命运同样不再那样捉弄某些苦命的人

尽管太阳每天都会升起
但时光一去不再回来
有时　我们真的不知道为什么歌唱

是啊　几滴殷红的葡萄酒
它们没有被持杯者正常地饮下
却错误地溅在了一件白色的 T 恤衫上

2019 年 12 月 25 日

夏末十四行·时光

在医院的大厅里
我时常注意那些比我更年长的人
他们在别人的搀扶下艰难地行走
或是佝偻着身体蜷缩在轮椅中

在斑马线前　车放缓了时速
一位老人从路的一边走向另一边
注视她缓慢脚步的同时还看见
她有些羞涩甚至略带歉意的神情

想他们当年也曾风姿绰约
充满活力地健步疾行　就如那个
风中少年单车一闪就消失于人群

时光飞逝　一晃已是多年
铅华尚未洗尽　两鬓已是霜白
在同一街区的行人已不再是同一些人

2019 年 12 月 27 日

一座老城，一座中世纪的老城，几百年了，有多少人曾在这儿生活过？它是棕色调的，有一种沉甸甸的古典的意味，让我们沉下心来，让我们回到过去，让我们心中满含虔诚。

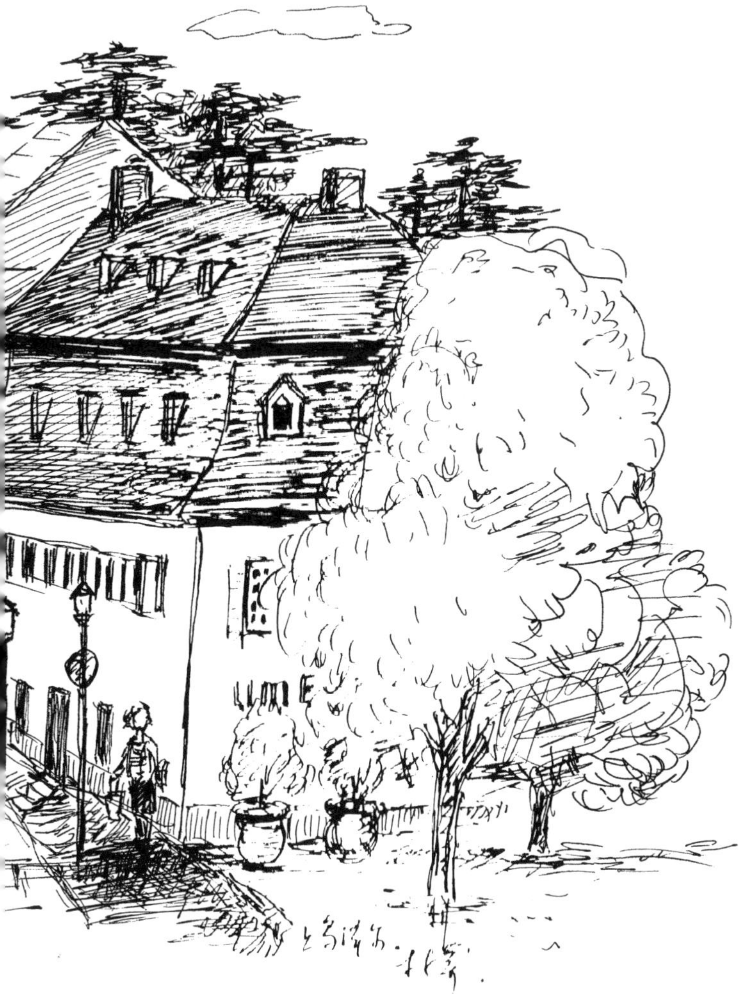

布艺小马、风信子和郁金香

夏末十四行·西眺

站在阳关的沙梁上向西眺望
古董滩在一片日光下的迷茫中
由土黄到灰褐再到浑然的淡紫
风从背后吹　拂动阵阵沙尘

有什么声音逆行而来
那零星的黄铜的叮咚鸣响
仿佛有汉唐的驼队来自天上
故人无迹可寻　唯有向西眺望

在阳关烽燧以西　曾经的街市
被千年岁月和风沙吹拂成一片荒滩
边塞的风中你可听到了诗佛王维

沿丝路而至的晋南土语的渭城曲
抬头望去　一枚浑红的日轮
高悬于风烟迷蒙的阳关的正午

2019 年 12 月初稿
2020 年 3 月 10 日定稿

夏末十四行·辞行

我想起岁月中穿不透的浓雾
沉郁和悲伤伴着寂静中的迷茫
生命的某些时辰
会在不同的心路历程上

在告别青春和那片水乡的冬日
寒意覆盖了冰层也覆盖了心灵
太阳冰盘似的挂在大风后的荒野上
我年轻苍茫的心像块结了霜的石头

离散有时也会遭遇适合它的坏天气
为赶上那辆未知命运的末班车
我们闯入洼地　穿过清晨的大雾

冰冷的太阳用惨白的脸色为我送行
一只鹞鹰尖利地鸣叫着掠过我的头顶
年轻的心从没有屈从于既定的宿命

2020 年 3 月 11 日

夏末十四行·声音

微风中一只洁白的羽毛在飘
飘在故乡空旷而平静的湖面上
枣林寂静　水井辘轳拖长的影子
凝固在温暖的夕阳里

升起的是母亲黄昏里的呼唤
遥远得仿佛来自轮回的前生
雨沙沙地落在新叶上　还有
清晨将我从梦中唤醒的鸟鸣

旧城深处的街市声早已沉寂
一个孤独的影子映在朱红的宫墙上
青春属于那些清新而忧郁的往昔

那些永远无法遗忘的声音
那些哀婉而凄美的吟唱　镌刻在
蹉跎时光和生命的年轮里

2020 年 4 月 12 日

夏末十四行·月亮

是德沃夏克《水仙女》中的月亮颂
在我心中升起了一颗明净的月亮
是黄河大合唱的黄水谣
在我幼年的记忆里留下了无奈的动荡

是母亲夜半思乡的哼唱
让即将入睡的男孩记住了那些旋律
是思念　沉郁　无法释怀的忧伤
故乡的月亮升起得遥远而迷惘

天空的月亮以银色照耀大地
历经一世　生离死别的磨难
多少泪水化作了湖水般闪动的月光

今夜　在寂静无声的山脚下
我听见那些逝者在轻轻地吟唱
地平线上升起了一颗巨大的银月亮

2020 年 4 月 18 日

夏末十四行·暗伤

我的灵魂何时学会了飞翔
在故乡的原野与湖泊之间
在海洋的潮汐和鸥鸟的鸣叫中
在秋日的群峰之上

那是母亲轻声的叮咛
那是失望的泪水淌在面颊上
是忧伤和欢乐在少年奔跑的风声里
那条乡路在黄昏的雨水中变得模糊

时间没有停滞　它带走了什么
当圆号和大提琴的乐声低缓地响起
我再次迷失于内心的伤痛中

是思念　是沉痛　是平静的呢喃
是不断地提示　是多次失去后的暗伤
为生命留下了那么多斑驳的印迹

2020 年 5 月 21 日

2020年6月5日

2021年 9月25日

蕙兰与泥虎
2020年 2月21日
朴兼

夏末十四行·本源

那是生命的本源
那是无所不在的永恒之境
那是与生俱来的深情的涌浪
风吹过初秋的旷野

风吹过棕褐色的起伏的山冈
一支长号在混声吟唱中明亮地呈现
而后　一支短笛又再轻轻地寻找
寻找生命之情最终的源头

那是肌肤之亲如诉如泣的快意
晨阳穿过窗帷相拥着登上光明的极顶
某些瞬间生命再次沉入了深远的激情

那一切连接着另外的时空
当欲望之火无可遏制地涌动
幻象在心中闪烁着无数颗璀璨的星星

2020 年 5 月 23 日

夏末十四行·日落

是最后的生存与死亡
是大海在永无休止的喧响
是大山深处林涛的涌动
是母亲在昏黄的灯火下孤独地哼唱

是五月阳光下麦浪在风中不停地起伏
是林中的鸟鸣唤醒了又一个黎明
是拭去泪水后再次面对偌大的世界
是宇宙的节律在星瀚缥缈的时空

是巴赫的卡农曲循环着上升
是巨型的云团被落日烧得通红
我　再一次在哀伤中抬起了头颅

泪水奔涌啊　江河流向天的尽头
我站在黄昏的山脊上　看落日
最后闪了一下便沉入了铁青色的峰峦中

2020 年 5 月 26 日

夏末十四行·围城

生命和心灵的惰性是一个人的围城
构成了某些可以预知的必然后果
因为软弱和退缩　无知或怯懦
不想说清的缘由成为自己的围城

一片河边的青草在随风摆动
一朵云飘过了高高的山顶
一位牧羊人将一年的积蓄投入了功德箱
一位白领走出办公区脱下西装吹起口哨

一个追星者因得不到签名而痛哭
一个失恋的人在一个窗口走向了末路
一个独裁者用杀戮为自己挖掘坟墓

人和自然都会有某些瞬间的自由
观念的绳索将许多人的手脚绑定
他人简单的事对另一个人就是一座围城

2020 年 5 月 31 日

是的，真想让这个世界尽如人意呀，但这只是一个美好的愿望，生活在现实中的人们都在承受着各自不同的困厄。我们在世界上行走，我们了解历史，我们热爱文化，我们想从中寻找那些灵魂的不朽的支柱。

存到1号纪州庵
下午 2011年
7:30 5月14日

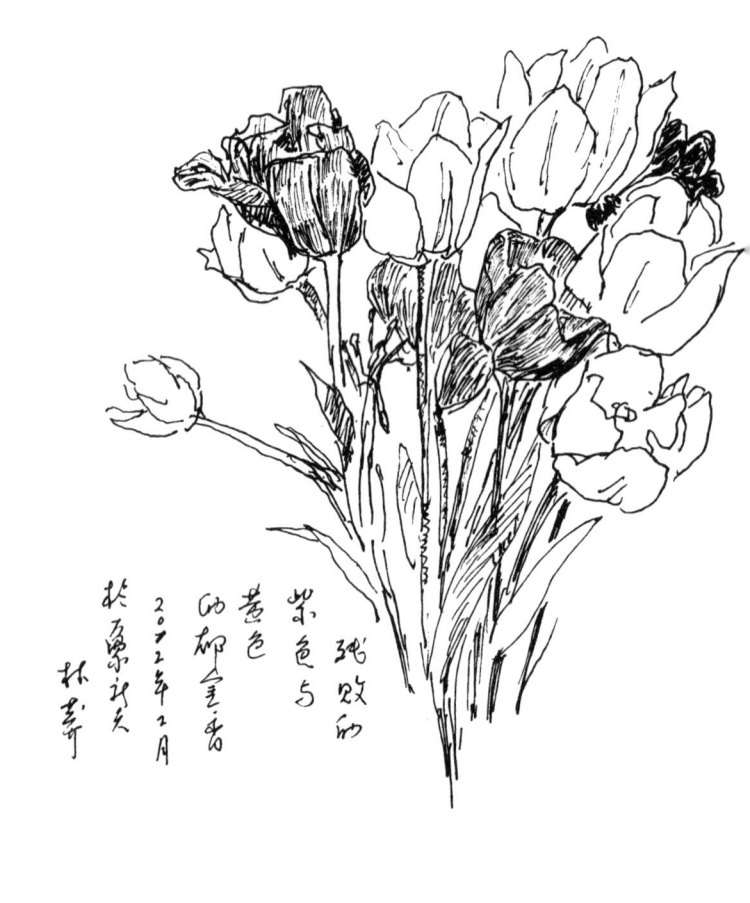

残败的紫色与黄色的郁金香
2022年2月
于原耕天
林寿

夏末十四行·旅程

我曾因爱而忧伤
那些获得与失去让心空落
少年未完成的夙愿消失在哪儿了
我孤单地低头走在不知所终的路上

那些夏夜的星空真的太遥远
水乡的犬吠弱小而空荡
我丢失的太多获得的太少
我酸楚的心中蓄满了对未知的渴望

日子匆忙　在经年的旅程中
叶子已经开始潇潇地坠落
照亮生命的光也洒在林间的空地上

时钟的表针从未停息过
心灵的白发渐渐地显现在头顶
我们曾耗费了多少无法挽回的好时光

2020 年 6 月 9 日

夏末十四行·蛙皮

乡间的小路上有一只死去的青蛙
准确地说　是一只被车轮碾压过
只剩下的一层风干的蛙皮
贴在地表上　还有着一只幼蛙的大致形态

是什么时候　是深夜还是凌晨
一个命运不幸的相交的时间
一只初次入世　不知深浅
曾对着世界大声聒噪的年轻生命

一只越过乡路到另一侧田里的约会者
一只不期而遇的车轮　无辜者的宿命瞬间
一个鲜活的生命曾经充满了生机

斗转星移　阳光再一次升起
一颗星滑落　另一颗新星诞生
现在　它贴在地表　于风干中微微地翘起

2020 年 6 月 19 日

夏末十四行 · 余光

树木的缝隙里透出夕阳最后的余光
此刻的堤岸是绛紫色的
幽暗的水面上那丝银色的波纹
打破了黄昏的一片静寂

我们点上油灯　它豆粒般的火焰
映亮了芦席搭成的窝棚
浇秧田的水龙静静地站在那儿
远处传来了几声水鸟的叫声

寂静笼罩着四野
青春的忧伤似乎找到了栖息之所
而命运还滞留于那些未知的时空

跨越岁月的年轮悄然而行
夜空下　我心灵的幻象
化作了小路上一片飞舞的流萤

2020 年 6 月 30 日

夏末十四行·日历

一年过半　七月出梅入夏
偶然翻看日历,上面记着
"七月二十四日东京奥运会开幕"
但突发的疫情让世界面目全非

当在日历上写下这行字的时候
一个幽灵已经在一个城市潜行
世人忙碌如蝼蚁　全然不知
一个巨大的灾难正被什么捂住了真相

一个冬春在恐怖与灵魂的沸水中煎熬
群盲无首　构成了混杂的"万花筒"
我们眼睁睁地看着那么多乱象丛生

静夜　听一支大提琴独奏
世界突然变得寂静　星垂四野
人类是否还能回到童年的纯净

2020 年 7 月 7 日

注:老伴在新年的前一天,在新的日历上满怀欣喜地记下了:"6月13—7月13 足球欧洲杯。7月24日东京奥运会开幕……"

夏末十四行·矮小

一个矮小的人总想成为巨人
于是他压抑心灵令魔鬼成长
用语言的大　替代身体的小
我想起了那个走过巴士底广场的人

他曾被埋没在众生喧哗中
裹着旧大衣冒雨走在落魄的路上
多年后他骑着战马走进皇宫
蹂躏那些贵族和曾经蔑视他的人

有人说他是个虔诚的理想主义者
因为少年生活的沉沦而种下仇恨
那仇恨在心中慢慢发芽　长成了野心

有人说他是个伟大的诗人　因为
曾经的矮小　于是用武断的语言之刃
妄图杀戮他者　成长为嗜血的巨人

2020 年 8 月 27 日

秋冬之交又赴白洋淀此何左，株人特为我摘了数只枯莲蓬，回家插于瓶入瓶中，有天房到如今第二枝多凋处，年末画此图以记。

二〇二七年十二月二十四日上午

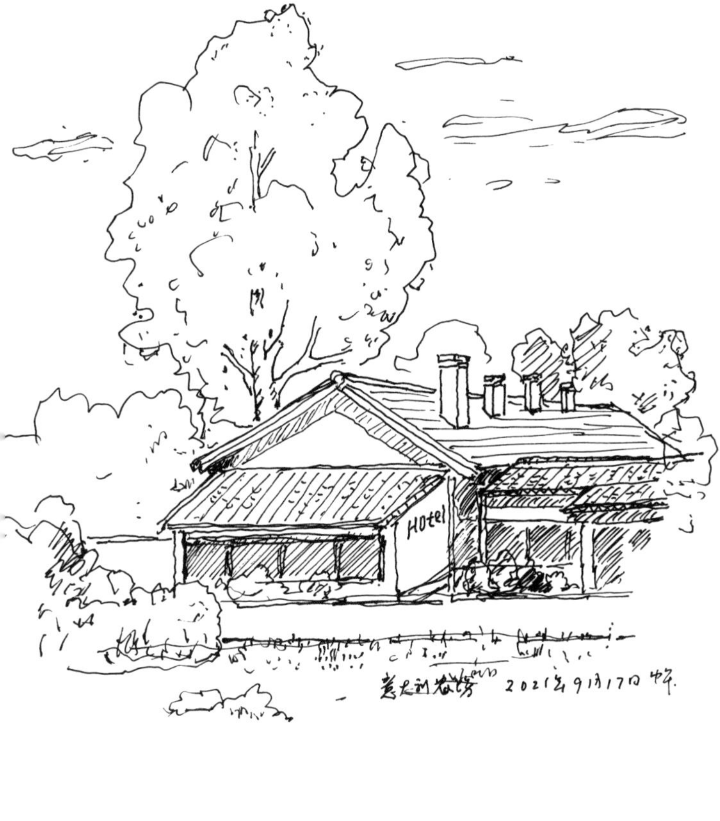
Hotel
2021年9月17日中午

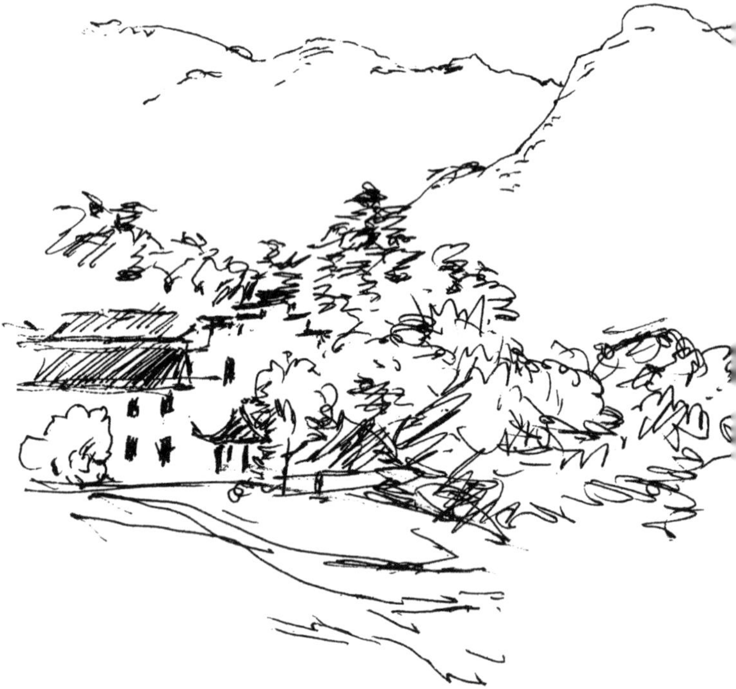

夏末十四行·恐慌

我突然有一丝内心的恐慌
空落的心中有不知所以的空落
我应该挂念的人与事都各得其所
我希望完成的也不再那么急迫

是有一些文字有待我的完成
是有一些画面期待我将其呈现在画布上
昨夜梦见母亲和我平静地对谈
我说　她晚年的关节病也痛在我的手指上

是的　生命与生活都有着内在的节律
一首好的乐曲和一首诗都是源自生命
它们寻找与之相通的人并进入他的心中

那瞬间的一丝惶恐到底因为什么
有些事阴错阳差　再也找不到最初的缘由
生命中许多的疑虑　期待着时间的答复

2020 年 10 月 22 日

夏末十四行·飘荡

曾是坐在后排的观察者
但一位睿智的人　心绝不在角落里
他静观所有的一切
揣摩着自己在现实中会如何应对

如果谁不合时宜地揭示了真相
也许　他迎来的就是冰冷的利刃
只有警觉地把誓言刻在心中
保持着冷静中的沉默

红尘滚滚　人们在混沌中前行
并不知道会经历多少人生与历史的关口
一些人会在某些瞬间　警觉地发现

曾经的真知灼见　已经成为废品
历史的车轮不知何时悄然转变了方向
被抛弃者　在坠落的风中无奈地飘荡

2020 年 12 月 5 日

夏末十四行 · 潜流

一个时代就那样地走远了
遗老遗少们也已衰老得互不相识
另一个时代接踵而来
隔着时空　你看到的是美好还是不堪

有一种潜流越过时间的阻隔
在另一种形态下展现　从清朝到民国
从散开的辫子到广州沙面再到上海滩
一些时代就那样轰轰烈烈地走远了

经过某种人为的涂抹与再现
某些人与事已变得不为真相所知
从何时起它们戴上了某种奇异的光环

人们的感悟从来都不虚幻　或许
将它们归入某种幻象的是一种潜在的期待
一个走远了的时代用另一种形态蹁跹归来

2021 年 1 月 30 日

苍郁的松林长满了海风的利爪
它们震撼造访者的心灵　又将他们抚慰

在大洋上　在巨岩边
在蔚蓝和金黄的极顶
一位长髯飘飞的漫游人
将一棵礁石上的老松
绘成了独立而坚忍的歌者

——诗《西海岸的独立松》摘句

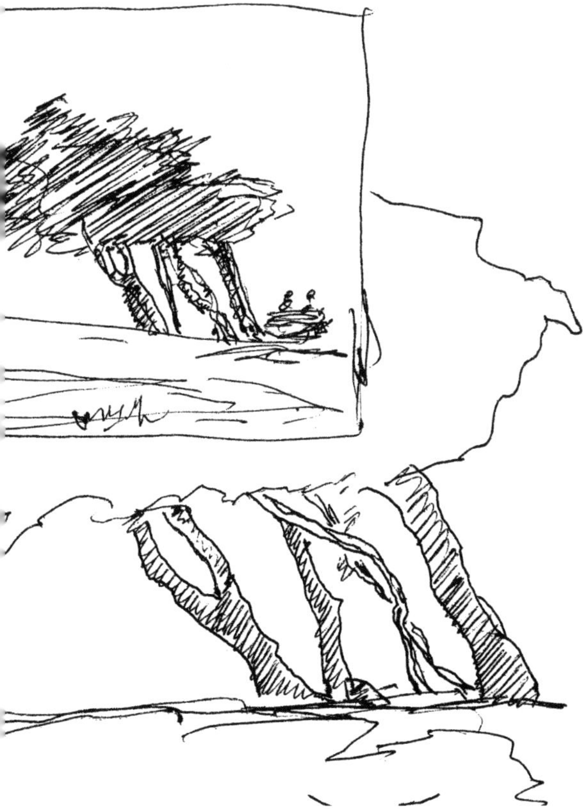

银杏的形态
2012年秋 井峰

夏末十四行·谅解

我们坐在有遮阳伞的圆桌边
谈着大家关注但又无关紧要的事
为了不让彼此尴尬
避开了那些过于敏感的话题

午后的阳光有云朵飘过时暗了一下
有如她心中那块晃动的小小的阴影
因为爱　因为失望　因为无可奈何
每个人都会有自己不愿诉说的隐衷

窗边那株粉红色的夹竹桃开了
在我春天的那幅画中它还是一片碧色
一些事过去了就不会再同于从前

她曾向我诉说过诸多生活的不如意
也告诉我有些人失去了并不值得惋惜
谅解　是因为懂得而有了花蕾绽放

2021 年 3 月 18 日

夏末十四行·品酒

这酒产于法国　西班牙还是南美
都曾有灼热的阳光撒在它们绿色的枝叶上
晶莹的　绛紫色的琼浆
它们到底源自哪一株葡萄

的确有着各自不同的芬芳与余韵
品味者渐渐地陷入了微醺或沉醉
而一首诗呢　它需要阅读者精心地品味
它们源自广袤的宇宙　天空和人的灵魂

它们同样会令人欢愉　痛苦　沉入幻境
它们也曾像葡萄那样吸取了日月精华
那沉醉与美酒　有着异曲同工的美

历经匠人的手艺　存入橡木的巨大容器
笔尖上淌出的也是通灵者生命的汁液
它的芬芳源自太阳　大地和一颗温润的心

2021 年 3 月 24 日

夏末十四行·古堡

一座破旧的棕褐色的巨石古堡
一个个拱形的敞开的残破窗洞
半轮慢慢移动的月亮
大提琴在空旷中舒缓地升起

群山起伏　草场辽阔
一片湖水浩瀚地闪烁
我心飞翔　心怀旷世的忧伤
我身曼舞　轻唱以往的歌吟

月光下银箔般闪动的是谁们的灵魂
它们来自哪儿　来自哪一个时代
它们把爱和忧伤汇入了哪些山川与河流

这穿行于古堡窗洞间的月色多么清澈
它照耀过以往　也照耀着现在与未来
它用如水的银色镀亮了这愁与殇的人间

2021 年 6 月 26 日

夏末十四行·承受

用了多年的旧顶灯有时突然就不亮了
登上梯子　扭动一下就又亮了
这样反反复复已经许多次了
一天突然想到：为何不换了它

一盏又费电又不断找麻烦的旧顶灯
说换也就换了
那天　与一位老友喝茶
一同讲述生命中的某些困境

我突然又想到了那盏旧顶灯
有些事说换就换了　而有些烦恼
我们只有在坚忍中默默地承受

年轻时　我们度过了多年离家的日子
如今我们老了　仍在承受着某些
看清了　又隐忍着还无力廓清的事与物

2021 年 7 月 5 日

夏末十四行·听雨

初夏的雨从黄昏落到午夜
远处似有隐隐的雷声　听到的还有
又急又密的雨打在树叶上的沙沙声
偶有雨滴坠落的噼啪与叮咚

杰奎林的大提琴曲《殇》悠然间响起
钢琴　大提琴和风雨之声混同在一起
我听到了　因那场风雨带来的忧伤与悲痛
生活的困苦深深地埋在了一位少女的心中

那场灾难已经过去几十年了
风吹散过阴云　但在这个世界上
还有许多相似的哀伤并没有消隐

雨还在下　在这初夏的午夜　读一位明星
十岁时独自送自己父亲的骨灰归乡的追忆
她没有哭泣　孤独中只有北方那彻骨的冷

2021 年 7 月 15 日

注：电影艺术家潘虹，曾在一篇文章中记述了她少年时的一些往事，令人感慨。

2020年10月17日

春日梨树沟　　　　　　林荇 2019.4.14

燕园池色

夏末十四行·烛火

那歌声让我突然涌出了泪水
人到古稀　似乎已无所不能
当然　我早已失去了青春的活力
再不能一口气游过一条湍急的河流

但世事明了　智力抵达了更高处
质疑少年杜甫　真的洞悉了一览众山小
而今我随意地涂抹云水与心灵的画笔
通达的境界　隐含着世间众多的事物

生活美好　但仍有许多的不尽如人意处
我错过了什么　犯了哪些不应有的错误
我看见一些人在记忆的盲盒中闪现又消失

你听　一个无伴奏合唱队在轻轻地哼唱
没有歌词　只有忧伤的混声在旷野里回荡
如一片飘摇的烛火　在幽远的昏暗中闪动

2021 年 9 月 15 日

夏末十四行·牵牛

它是乡间庭院中最常见的花
它在齐白石花草画中明静地绽放
我上小学时仿画在自制的贺年卡上
大师简约的笔触比真花还生动

清晨　淡雅的花开在篱笆和矮墙上
伴着明媚的阳光和孩子们的笑声
我在欧洲的小镇和古城中也见过它
在古旧的木房子和石房子的窗台上

它们开得五颜六色、鲜艳欲滴
将一座座古老建筑装饰得典雅而鲜活
它们是被赋予了某种寓意的花

百度上说它象征着爱情的永固与平静
还有一种个别的解释：爱是短暂的
虚无渺茫得　如即开即谢的野牵牛

2021 年 9 月 22 日

夏末十四行·苍鹭

初秋风凉
芦苇刚刚吐出淡红色的缨子
陪同初次来到白洋淀的朋友
再次穿过涧壕和芦苇丛生的水域

荷花残败　蒲草微黄
当年的木船换成了快艇
淀上少有劳作的渔人
天空没有了覆盖如云的鸟阵

农耕渔猎时代已经远去
那些村落也已改变了以往的形态
水天一色中一只灰色的苍鹭飞过

它仿佛是我依旧贮藏于心中的
那一丝少年时的无端的惆怅
很快地消失在秋风萧瑟的苍茫中

2021年10月3日

2021年9月21日
中秋中午

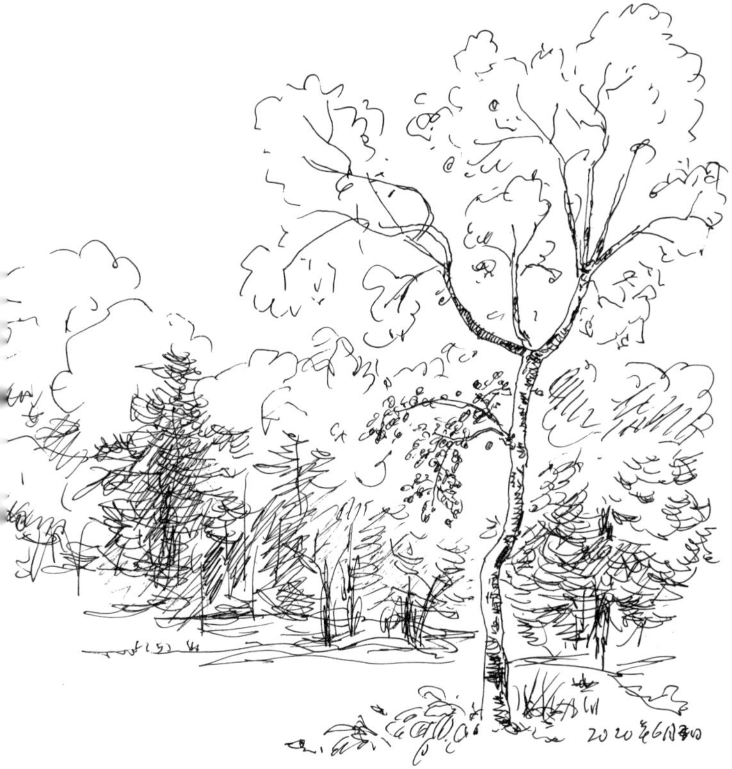
2020年6月

2017年4月15日

夏末十四行·启示

史诗《格萨尔王传》有六十万行
传说一些接受了神授的说书者
都是些目不识丁的牧人
他们在一场重病或梦境中接下了天授

病痛是怎样一道窄门
在某些特定的情境中生命出现了转机
仿佛大脑中被植入了一个大容量的芯片
一个病弱者完成了一次神秘的量子纠缠

在乌云浓郁雪峰耸立的高原
有时彩虹也会搭起宏伟的天门
一个传递文化命脉的使者

从他的复苏的躯体中悄然醒来
怀抱着一颗光焰无限的太阳　是啊
有些启示它们就来自生命的最低点

2021 年 10 月 14 日

夏末十四行·祭坛

现代商业用金钱构筑的富丽与繁华
它无可挑剔的精致丢失了质朴的美
农耕文明　唐诗和宋词的静谧在哪儿
山间月色　泉水和松涛更令我们回味

曾经深深渴望的某些地方
失望与惋惜也将心灵的火焰熄灭
给纯洁的向往留下了灼伤
神圣的信念被无知的荒谬所亵渎

从童年的故乡春水荡漾的河湾
到山峦　湖泊　高原雪峰和海
虔诚的朝拜者因自然的恩赐而泪水盈满

一位诚挚的　心怀敬意的旅行者
内心会有一座小小的祭坛　在余生的
寂静中　默默地重温那些美好的怀念

2021 年 12 月 16 日

夏末十四行·空难

棣棠花风干的花朵落在初雪上
几点淡黄映衬着灌木的绿色
越过心灵的空茫与时空的阻隔
一朵颓败的花在初雪中飘落

微信中又有人说：马航 MH370 找到了
此刻，它静息在蔚蓝色的大海中
屈指算来已有两千多个日夜了
你可曾听到过那些蒙难者的心声

寂静的心中闪烁一丝明亮的光
忍冬树上那些小小的红色浆果
以星星点点的血色谱写着哀伤的乐章

几只灰喜鹊追逐着飞过灌木林
一架即将坠落的航天器掠过大海
那一刻护卫天使忱于享乐收敛了翅膀

2021 年 12 月 28 日

夏末十四行·无为

有时,许多往事会同时涌上心来
有时,我感到四周都是生活中的故人
几十载的时空交错在一起
他们在混沌的哀歌声中幽幽地飘浮

这天空下的人间是个怎样的世界
那些生命中的琐事都已不再重要
我沉静下来的身心并非心灰意冷
当我们的生命摆脱了欲望的指使

看这庞杂的世间就像一部无序的默片
低沉的耳鸣中我打开了时间的图书馆
对于一位老者　哪一句是振聋发聩的箴言

当放弃解开了束缚生命的锁链
为什么心中仍有一股滞涩的郁闷
无奈的自我于苍茫中看到的只有无为

2021 年 12 月 30 日

夏末十四行·告别

有一种声音从我的心中升起
祖父的眼神中有风云的意味
一条大江穿过群山来到这里
太阳下房舍的影子将村庄支离

已经很久了　许多记忆已经模糊
唯有一双眼睛是清晰的
他看着内心挣扎的我　欲言而又止
命运的纤绳究竟在被什么所牵引

当我们在失望中茫然四顾
秋风起处　飘来藻类风干后的气息
生命纷飞　遗留下告别的余韵

那童声的合唱多么美　那歌声触动了我心
风云中隐约的哀伤　叩击迷雾中的岁月之门
它们开启又关闭　重复着某种既定的轮回

2022 年 1 月 5 日

2021年的冬天，我画了一张"逝去的村庄"的画，一片灰色的、朦胧之中的水乡村落，仿佛在梦中，也仿佛是一种幻象。这是那张画的草图。时光逝去，一切都成为了以往，一些朋友和乡亲也已不在人世。追述往事，不是要

回到过去的岁月中，而是想提示自己，当年那些满怀激情的追求与向往是否还在，它们历经了时光的流逝，是否改变了味道。

2017年7月2日
于慕尼黑街头

夏末十四行·山色

那是深秋　在空寂的
太行山麓的高速公路上
霞光透过云层映照着层叠的山峦
大团大团的浓雾不时地飘过来

晨阳璀璨地照耀着
秋色一帧帧快速地在面前展开
震撼人心的风景和速度之美
让我几乎忘记了大雾中穿行的风险

那是送别亲人后回家的路
伤别的凄清之感
突然被浓郁的山色所覆盖

人生艰难　我们行走其间
穿出幽暗的隧道　我的内心随着
炫目的阳光发出了"好山色"的呼喊

2022 年 1 月 9 日

夏末十四行·宿命

我的现状和以往都是我的宿命
镜子里的头发白了，它们顺应了时光
在某些命运的节点上　人生
必然的选择，构成了后来的历程

少年懵懂的往事中隐含着许多预兆
不要试图破译生命的密码
好奇或强求或许会让歧路加身
我们用心所为，做好自己的事情

字里行间时常会有一些人或事物闪现
它们藏于心底　一定有着不被遗忘的缘由
秋风再临时，骤起的忧伤突然令人泪目

抬头看向云朵飘移的长空
没有少年的雁阵，也没有了青春的踟蹰
后来者的脚步超越了我，正匆匆地前行

2022年8月20日

夏末十四行·向往

走过一些地方　读了一些书
比较中看懂了某些弊端与劣行
但生活的挤压有众多的无奈　只能
渴求身心的辽阔和自由的风

记得呼伦贝尔舒缓起伏的母性的大地
大片的鲜花草场　铺向了苍郁的林边
在高崖上眺望蔚蓝大海归来的远帆
迷茫的心　始终沉迷于惊涛拍岸

一只长笛在爬一组不断攀升的音节
一只云雀翅羽一张一合飞得那样舒展
寂静中有人在听你在轻轻地讲述

明黄色的观光小火车在褐色的冻土地上滑行
赤狐　北极狼和棕熊在一望无际的原野上
一望无际的起伏的原野上　一朵云停滞不动

2022 年 9 月 6 日

夏末十四行·担忧

这几日有一种沉闷总无法疏解
星光不再闪烁　音乐也失去了魅力
看一支蜡烛在跳荡中叙述着遗忘
向往大海　林涛和朗月高悬的夜空

入秋后又袭来了一股热浪
微微的汗渍期待着阵阵凉风
这世上的人们经历着各自不同的人生
雪线之上，白云掩去了所有的丑行

那些源于某些角落的坏消息
令人沮丧　更令人担忧
一丝哀伤渗透出无奈而细碎的心声

困苦的境遇里我们有过多年的企盼
面对世事　其实我们早有明晰的决断
但谁又能引领着人们攀上智者的高峰

2022 年 9 月 15 日

夏末十四行·救世主

我说的"救世主"是一幅画
一幅具有很大争议的画
它从一千美元涨到拍卖会上的四亿美金
这金钱的魅力让我们见识了世界的荒诞

传说是达·芬奇的最后一张画作
消失了多年后再现于美国的某个地方
污浊　破损　像一个无人问津的弃儿
修复师戴安娜发现了它隐约的端倪

她精心修复　令其成为惊世的新闻
媒体　画商　博物馆　收藏家　王室
一张始终难以确认的画作搅动了一池浊水

达·芬奇用最后的"救世主"埋下了伏笔
计谋　野心　妄想　金钱　还有无限的权力
这星球群魔跳梁　而"救世主"隐于世

2022 年 9 月 16 日

注：一张旧画，在画商、修复者、收藏家、拍卖行之间运行，在新世纪的 20 年间从一千美元上升为四个亿，至今也不能确认是否为达·芬奇所作。最后，此画收入沙特王储萨勒曼囊中，再次消隐于世。

后记：诗不会忘记

这些作品记录了心灵的某些瞬间，而这些瞬间又是发散的，它们联想到了许多生命与生活的感受。往事和生命会消失，会遗忘，但一些认知是永恒的，它们将与诗同在。

66首作品，跨度30年。中间有十多年没有用此形式书写，但对诗歌文体方式的探讨一直没有停滞过。

一次与"小众书坊"老板彭明榜谈书，他问我"夏末十四行"一共写了多少首，是不是可以出一本精品阅读的小诗集。我觉得他的建议很好，那时我大约有30首，还构不成一本小书。这两年，有意用此种形式多写了一些，有了现在的66首。我想再加上我的一些钢笔速写，加一点简单的说明的文字，就应该是一本很有趣的书了。

十四行这种形式，我在前言中也说了，只是借用这种结构，试着"戴着镣铐跳舞"，以此让自己的诗不要过于地"散"。实践中,这一想法达到了,这其中有一些诗,是我诗歌创作中很有代表性的作品,它们表达着我的写作理念和审美标准。我以为,借鉴和变革一直是中国新诗发展的动力。

感谢大家的厚爱,感谢读者的关注,谢谢你们,谢谢诗歌。

林　莽

2022年9月

捧读文化
触及身心的阅读

出品人　张进步　程　碧

责任编辑　古　莉
特约编辑　孟令堃
封面设计　王玉玲
内文排版　张晓冉